句集

Qを打つ

本多遊子

角川書店

句集　Qを打つ／目次

装丁　南　一夫
カバー画　井野美彦

句集

Qを打つ

A

二〇一一年～二〇一四年

神保町はカレーの匂ひ初仕事

初電話鶏が卵を産まないと

草石蚕《ちょうろぎ》やハーレムめいてをり

思ひ当たることはあるもの初みくじ

田作りや海ではみんな同じ向き

コンパクトの中にタワーや冴えかへる

弁当にタコウィンナー受験の子

一日に吉報二つ木瓜の花

裾上げてアイロンかけて大石忌

ごぜんさま叱る人なし沈丁花

啓蟄や少年の喉仏ぴくり

マニキュアを落して今朝の菜飯かな

前生の記憶幽かに石鹼玉

人の手の届かぬ先の蕗の薹

クロッカス机を少し片付けて

桜貝携帯電話持たぬ頃

桜満開記憶の蓋がずれてくる

地下足袋の裏に緋色のつつじかな

目借時小さき悲鳴の花やしき

のろのろとパトカー左折のどけしや

春光や露天風呂への戸の重く

シーサーはあらぬ方見て梯姑咲く

鼻に汗して水牛の甘蔗をひく

鑑真忌酔ひ止め薬買ひにけり

時の日や無声映画を見てをりぬ

さくらんぼスカート丈はぎりぎりで

エキストラ立ち待ち長し半夏生
がやがやと少年白シャツはみ出して

河童忌や切れて散らばるネックレス

傷だらけの鱧水槽を泳ぎをり

同族の株主総会水羊羹

雲の峰空が手狭になりにけり

梔子の花や十九時明るくて

朝ぐもりホテルの聖書埃かな

油照り群れなす通勤ミニバイク

終戦日荷造り上手き父がゐる

生身魂実家年年広くなり

歩道橋に鳩の並びて終戦日

担ぎ手に知合ひのなし秋祭
もろこしに矯正したいと歯を見せる

長き夜のゴムの葉の裏拭いてをり

ひよどりの大騒ぎする日曜日

新松子完全装備の山ガール

厚岸草大地は燃えて広くなり

充電をするものばかり敬老日

サイレンの鳴り止まぬ街月今宵

天の川ただ買ひたくて帯を買ふ

願ひ事はたつた四文字流れ星

女郎花介護保険の申請に

秋晴や君と反対側に富士

寂しさのますます群れて蕎麦の花

大花野真只中の別れかな

駆込み寺の土は柔らか蔓竜胆

栗危ふし斜塔の如きモンブラン

購読紙きつぱり変へて今朝の冬

誤解あり鰤の切身をジュッと焼く

冬に入る水からつぽの製氷器

短日や電気自動車充電中

怠け者今日も爪切る神無月

着膨れてイヤホン幾度もおしこめる

君とならナイフフォークで牡蠣フライ
店長のピアスきらりと炭火焼

職員みな俯いてゐる膝毛布
室の花歩まぬ父の靴買ひに

水餅や冷蔵庫の中恐る恐る

ペコちゃんの終の着替へや年の暮

寒波来る首といふ首隠しをり

蒟蒻を叩き悲憤の年終る

B　二〇一五年〜二〇一六年

突掛けで降りて実家や福寿草

絵心や真上から見る鏡餅

淑気満つみんな手ぶらで歩きをり

指先に老いの来てゐる絵双六

囀や路上生活者と見上ぐ

茅葺きに打ち粉のごとく雪残る

梅干しのおにぎり建国記念の日
背を伸ばす整体施術つくしんぼ

春の鳥補聴器に愛拾はるる

税理士の鞄ふくらみ春一番

春闘や古き切手の糊の味

原稿の一行進む桜餅

歩いても歩いても鶯の真下

つちふるや陳列棚の顕微鏡

利休の忌小鉤のきつき足袋履いて

春北風モヤイの頰に新聞紙

固焼きの煎餅真ん丸其角の忌

養花天空《ラ》のはとバス通りけり

修司の忌故郷のなき者集ふ

狛犬の足に小銭や夏の雲

富士塚の五合目狭し松落葉

燕の子学資保険の満期くる

進化することを忘れて海鞘喰らふ

青葉若葉遠くの信号赤になる

海の日や逗子のしんねう点二つ

網戸拭きし撓みを風が戻しけり

接吻や真鯵の口の開き加減

叫びたき人の名のあり青き嶺

虚子の書のころがるごとし青胡桃

歳三のオールバックや冷素麺

南国の朝はカラフルパイナップル

南国のホテルに一人シャワー浴ぶ

影に影落して金魚泳ぎけり

水琴窟片耳は秋空の音

アラン・ドロンは達者だらうか秋の海

八月のどこ捻つても不味い水

山の日や磨くがごとく足洗ふ

血脈にぽつねんとをり鶏頭花

鯛や最低賃金振り込まる

元禄の鯛を知る古木かな

秋風や家宝光らぬものばかり

秋日射爪嚙む癖のある鸚鵡

マネキンの気配にたまげ鏡花の忌

菊日和『聊斎志異』を繙けり

毒茸や紅き雨靴履いていく

月明りジャングルジムに煙草吸ふ

寸分の着崩れもなき良夜かな

白き皿に白きグラタン秋惜しむ

ラテンダンサーがつんと一歩冬に入る

のつぺらぼうな手相勤労感謝の日

目詰まりの如雨露の如く初時雨

佳きことを記す罫線日記買ふ

蒲団干す川原の石の白きこと

素泊りや落葉ぽかぽか日の当たる

落葉の中落葉のごみの袋三つ

霜月や魚は静かに釣られたる

花八手何か忘れてゐるやうで

落葉道けふやはらかきこころもち

竜の玉魚の目ほどの哀しさを
日向でも日蔭でもなし石蕗の花

落葉して山に地熱の戻りけり

手摺から身投げのごとく寒鴉

寒林や待つしかできぬことばかり

なみなみと蕎麦湯波瀾の年終る

C　二〇一七年

蓬萊や山は弛まず水造る
書くやうに言の葉紡ぐ御慶かな

春着より長長抜きぬ躾糸

春永の泡はグラスを乗り越える

女正月菓子の包みで蝶を折り

梅ほつほつ弔慰の文を書きあぐね

工事現場に放り出さるる春の闇

春の風邪列の短きうさぎ組

山羊の仔の脚は八の字緑立つ

新築のグループホームサイネリア

電子辞書電池切れなり日の永し

握り飯菜の花ちやうど目の高さ

ゆつくりと歩けぬ質や亀の鳴く

空つぽの市場の倉庫復活祭

飛魚の一瞬空の低くあり

グリンピース娘に名刺貰ひけり

卯の花腐し自己紹介の続きをり

柏餅女所帯に段梯子

ワインゼリー修道院の皿古りて
向日葵や嫌ひなことに多数決

ファスナーのつかへるところ旱梅雨

浮きさうな鼎といふ字水馬

蚊遣香竹林七賢眉長し

胡麻の花猫に首輪の過疎の村

村人は畑に出てをり河鹿鳴く

蟻せはしシャッター切れるを待つてをり

キャベツ畑真中の墓の燦燦と
柳蘭バスの乗客左向く

我武者羅に飛んでかなぶん果てにけり

白シャツを着て落ち着かぬ齢かな

帰る郷なくて胡瓜に楊枝挿す
ベルマーク封筒に詰め休暇果つ

犬かきはクロールになり休暇明

ねぢ失せしコンビーフ缶震災忌

秋暑し水族館へ水を見に

桔梗の国肩凝りの人ばかり

起き抜けのハードロックや野分だつ

日曜日果つ栗剝いて栗剝いて

鎮火して茎は耐熱曼珠沙華

桐一葉はがき一枚出しに行く

賞品は原稿用紙体育の日

草の花固定電話の鳴つてをり

色変へぬ松や窓辺に立つ小芥子

黄落期一斉メールの訃報受く

煮凝や怖づ怖づ開く文のあり

冬の庭聴力検査の残響す

寒椿記憶のやうに地にありぬ

水洟や授業どんどん進みたる

悴むやQを打つことなき小指

カフェラテはマフラーで席取つてから

冬の蚊やぼんやり講義聞いてをり
人の世に保護色紺のジャケツ着て

足袋干すや疲れは明日訪れる

煤逃や美しき鏡の美容院

寒梅や仏一体彫り死なむ

社会鍋三越側にばかり立ち

赦しとは忘却に似て聖菓切る

寒雀用はないがと父来る

D

二〇一八年

あらたまの財布に光る五円玉

円卓は四季の花の名新年会

粕汁や家族全員成人に

白息をどんどん吐いて逢ひに行く

父にチョコ貰へりバレンタインの日

濃山吹治らぬひとを見舞ひたり

春日差すポストに南京錠

い組ろ組の島の学校蝶生る

屋久島や春の光は横に射す

世界遺産島の古巣も遺産めき

魚は氷に靴の裏見せ子の走る

蜥蜴出てワニのマークのスニーカー

ぷつつりと縁を切りたし土筆摘む

キックボードぐんと一蹴り日の永し

蝮蛇草地に怨念のある如く

虎杖や風は四方より吹き寄する

送電線はるかへ鶯谷渡る
松の芯雨に響ける時の鐘

海おぼろリクエスト曲青江三奈

静謐の東方書店つちふれり

白靴や証明写真機使用中

西日さすスナックまちこの室外機

布纏ふ女神の像や青嵐

ひらひらと亀の泳げる薄暑かな

まくなぎの光の中へまぎれけり

沖縄忌蘇鉄の種は錆の色

水兵と信号を待つ薄暑かな

黒南風や若葉マークのダンプカー

尺蠖の登りきつたる長さかな

病み上がりの友の饒舌瓜の花

冷房ききすぎシャープペンシル芯軋む

早口の理系男子や汗拭

五時閉館蚊遣は渦の尽きるまで

日盛や寺の内よりピアノの音

縦横に瓜を詰めたり旅鞄

今齧るトマト一個をレジに置く

凝視して増えゆくものに青胡桃

夏負けや鍋に転がるソーセージ

敗戦日鳴らずのオルガン拭ひけり

新松子留学準備を箇条書き

建売や馬追の髭長すぎる

秋澄むや縦笛の音の裏返る

目の抜けし真鯛の干物稲光

厠にて五右衛門化粧村芝居

村芝居遅れてスポットライト灯く

釣竿を休め蜻蛉を休ませる

離宮より海消す背高泡立草

代議士の胸のありかや赤い羽根

べつたら市高張提灯白白と
骸骨立つ整骨院のハロウィーン

若きらの揺らす吊橋散紅葉

神の留守声よく通る友とゐて

ルービックキューブ調へ年用意

日記買ふ早早ひとりぼつちなる

着膨れの子のすかすかの前歯かな

この家はこんな蒲団を干してあり

十二月八日本気で鳩の飛ぶ

ぐるぐる菰巻いて蘇鉄の火傷めく

荷造りにぴつたりの箱蜜柑出す

声高に鬼嫁比べ忘年会

人を待つための蜜柑を剝いてをり

逆立ちの辛子・ケチャップ年詰まる

家事楽しブロッコリーを胸に抱き

冬座敷テレビの中でゴジラ吠ゆ

E　二〇一九年

尾のあらばゆるゆると振る御慶かな

いつの日か地球は止まる鏡餅

三日はやつけつぱなしのテレビかな

水仙にたつぷりの日矢授業中

笹鳴の八方除の社かな

この崖に払ふ税金蕗の薹

薄荷飴誰か舐めをり春浅し

あたまから突込む駐車魚は氷に

返信は了解二文字春寒し

立春大吉性善説を疑はず

春手套バナナの皮のやうに落ち

薄着して卒業旅行の男子どち

かんざしとふ凶器をんなに春の雷

改元や豊蘆原は角組みぬ

芹の根を食べて闇夜を帰りけり

湯を浴びて発情の色北寄貝

紙の雛襟の合はせを直したき

ヒジャーブにどうどと富士の雪解水

水温む村の食堂貸切に
ぐんぐんと辛夷は甲斐の青き空

ショベルカー待機中なり山笑ふ

待合室のグッピー増えてゐる四月

花時や途中で変はる探し物

花曇自律神経失調中

脱力の亀の漂ふ仏生会

地面師の狙ふ旅籠屋花万朶

花あんず杜甫の七律口遊み

桜蘂降る候補者の名の連呼

藤棚やままごとの子の丁寧語

逃亡を急ぎ蜥蜴の目立ちたる

ビジネスバッグぶつかる神田宵祭

おしぼりにひのきの薫り街薄暑

実梅捥ぐ話二度目は手振りつく

ブルドーザーのぽつんと黄色梅雨出水

梅雨晴間鞄の底の飴を剝く

父の日や煮れば骨出るスペアリブ

未央柳ゆらゆら透ける服を着て
できたての雨後の酸素やお花畑

二親の息災梅酒とろとろと

古扇それはそれはと胡坐かく

大ジョッキ空けて重たき晩夏かな

七夕や余りし墨を夜へ流す

夜の厨水蜜桃の香の満満

マウンドを均す厄日のエースかな

八月の鏡に重きカーキ色

深川の今宵明るき施餓鬼舟

砂消しを使ふ八月十五日

大文字空車どんどんどんどん来

耳のなき案山子孤独の底知れず

頬づゑにかしぐ文机夕かなかな

新蕎麦や文士気取りの集ひたる

天高し上様で切る領収書

秋風やとんとんと打ち封を切る

ボランティアガイドの小声蜻蛉群る

廃線の枕木秋の日の歩幅

それぞれに美しき嘘持つ良夜かな

雨降りの実家のにほひ衣被

皿いつぱいにミラノ風カツ秋日射す

蔦分けてガスメーターの検針日

カーテンを閉めて気になる曼珠沙華

澄む秋のしりとりの「る」はるりかけす

角伐られ鹿は真横に走り去る

豪遊す銀杏の実降る町に来て

良縁に耳目を貸さず青木の実

カーディガンのボタンを嵌めて父長寿

新幹線鼻の先から時雨れたる

入場のラガーらに首どんとあり

おでん煮る計画性は父譲り

坂の上に雲見当たらぬ憂国忌

ジーンズの姉は九歳七五三

学食にトレー滑らす冬初め
大きめを使ふ湯呑も手袋も

片時雨古書のせり出す神保町

冬芽満つこども一一〇番の家

湯豆腐や裏道暗き京の町

生牡蠣を啜る口にて並びをり

古毛布いつか大きな犬を飼ふ

冬虹や畳紙に残る祖母の文字

父と乗るワンメーターや冬ぬくし

編み上げのほどけやすき日開戦日

液晶に古刹拡大して湯ざめ

一陽来復物干竿を高くせり

山茶花や道幅ぎりぎりに車

焼鳥や武器のごとくに串並べ

北斎の波に石置き暦売

火にかけてつみれ崩るる霜夜かな

句集　Qを打つ　畢

あとがき

ある日の夕方、私の手の中に句会の日程と場所が書かれたメモがあった。そして私は夏の夜たった一人、手帳に挟んだ小さなメモだけを頼りに、誰も知る人のいない句会の扉を静かに開けた。初めての句会場の部屋の大きな硝子窓の向こうには、東京の明るい夜があった。

句会のシステムは極めて合理的、かつそれまで体験したどんなボードゲームより楽しかった。特に清記、という作業が気に入って、その気持ちは今も少しも変わらない。どんな字のどんな句が書かれた短冊が回ってくるか、わくわくする。

それまで毎夜、小さなノートに短い記録をつけていた。しかし、俳句を始めてみると、それがいかに空虚な作業であったかへの気づきは、いともあっけなく訪れた。なぜなら、そのノートには、後悔、怒り、愚痴の言葉が日替わりで書かれているに過ぎなかったから。それに比べて、日々詠む俳句のなんと簡潔で気高いことか。その日見た花、小さないのち、おいしかった旬の食材、空や海、自分がどこで何を見たのか、何に驚いたのか、一句を見れば即座に思いだすことができる。十七文字には後ろ向きな言葉や恨み言を加える余地はない。

　私は日記を括って捨てた。そして、ぽかりと空いたその場所に、色とりどりの俳句帳をきっちりと収めた。

　その句帳を使い果たした時、この一冊を作ることを思い立った。私の拙い小説にいつもやさしい拍手を下さる小林恭二先生には、帯文を頂戴することができ、幸甚の至りであった。初学の私に俳句の道を案内して下さった山田真砂年様にはご多忙の中、選句をお引き受け頂いた。私が残したいと思う句は遍く選んで下さっていて、句稿のレ印に不思議な縁を感じた。句稿のチェック、出版までの道は、守屋明俊様のご指導なくして前に進むことはなかっただろう。表紙には、会社時代の上司、井野美彦様が、いろいろなアイディアのつまった大切な画帳を一冊、この句集のために提供して下さり、その中から選ばせて頂いた。角川『俳句』編集長石川一郎様、喜多弘樹様、俳句の扉を開けるメモを下さった永井香樹様、温かく、時に厳しくご助言下さった各句座の皆様へ、心からの謝意を表したい。

日本に未知のウィルスが上陸したほぼ同時期からこの一冊を編み始めたが、流行の波鎮まるのを待たなければならない熟成期間が幾度もあった。そのような中、鍵和田秞子師の「未来図」は二〇二〇年九月号で終刊、十一月で解散となった。私の人生に俳句という文芸を加えて下さったことへの感謝は言葉にしたらそれこそ類想感のあるものとなってしまう。「未来図」時代の俳句を纏めたこの一冊からまた歩みだすことで、その思いを形に変えることができればと思う。

二〇二〇年十二月

本多遊子

著者略歴

本多遊子（ほんだ・ゆうこ）

1962年11月　東京生まれ
1985年 3 月　聖心女子大学卒業
2011年11月　「未来図」入会
2017年 5 月　「未来図」同人
現在　　　　「閏」創刊同人
　　　　　　公益社団法人俳人協会会員

句集　Qを打つ　きゅうをうつ

初版発行　2021年5月25日

著　者　本多遊子
発行者　宍戸健司
発　行　公益財団法人 角川文化振興財団
〒359-0023 埼玉県所沢市東所沢和田3-31-3
ところざわサクラタウン 角川武蔵野ミュージアム
電話 04-2003-8716
https://www.kadokawa-zaidan.or.jp/
発　売　株式会社 KADOKAWA
〒102-8177 東京都千代田区富士見2-13-3
電話 0570-002-301（ナビダイヤル）
https://www.kadokawa.co.jp/
印刷製本　中央精版印刷株式会社
 ISBN978-4-04-884421-5 C0092